YASMIN

la guardiana del zoo

escrito por
SAADIA FARUQI

ilustraciones de
HATEM ALY

PICTURE WINDOW BOOKS
a capstone imprint

A Mariam por inspirarme, y a Mubashir
por ayudarme a encontrar las palabras
adecuadas—S.F.

A mi hermana, Eman, y sus maravillosas
niñas, Jana y Kenzi—H.A.

Publica la serie Yasmin, Picture Window Books,
una imprenta de Capstone,
1710 Roe Crest Drive
North Mankato, Minnesota 56003
www.capstonepub.com

Texto © 2020 Saadia Faruqi
Ilustraciones © 2020 Picture Window Books

Translated into the Spanish language by Aparicio Publishing

Los datos de CIP (Catalogación previa a la publicación, CIP)
de la Biblioteca del Congreso se encuentran disponibles
en el sitio web de la Biblioteca.

ISBN 978-1-5158-5731-0 (hardcover)
ISBN 978-1-5158-5735-8 (paperback)
ISBN 978-1-5158-5739-6 (eBook PDF)

Editora: Kristen Mohn
Diseñadora: Lori Bye

Elementos de diseño:
Shutterstock: Art and Fashion, rangsan paidaen

Impreso y encuadernado en China.
002493

CONTENIDO

Capítulo 1

La excursión

Una mañana, Yasmin
y Mama caminaron juntas
a la escuela. En realidad, Mama
caminaba y Yasmin iba dando
saltitos. Estaba emocionada.
Ese día iba a ir de excursión
al zoológico con su clase.

—Aquí tienes el almuerzo,
Yasmin —dijo Mama, dándole
una bolsa de papel marrón—.
También puse fruta.

Yasmin abrazó a su mamá
y se subió al autobús amarillo.

Yasmin miró a su alrededor.

Era la primera vez que subía

a un autobús escolar.

Emma la saludó. —¡Yasmin,

siéntate conmigo!

—¡Mira, tu bolsa de papel es igual que la mía! —dijo Yasmin.

—¡Y que la mía! —dijo Ali, asomándose por detrás. ¡Su bolsa era muy grande! Las niñas se rieron.

—¿Listos, niños? —preguntó la Srta. Alex.

—¡Listos! —gritaron los niños.

El camino al zoológico era muy largo. Los estudiantes cantaron canciones y contaron chistes. Los chistes de Ali eran los más divertidos.

—¿Cuál es el juego favorito de un canguro? —preguntó—. ¡La rayuela!

Visita a los animales

En el zoológico había muchos tipos de animales. La Srta. Alex iba delante. Primero fueron al estanque de las focas.

—¡Mira, se están bañando! —dijo Yasmin.

Una foca nadó hacia ellos. ¡Los salpicó con agua!

—No se acerquen demasiado —avisó la Srta. Alex—. Recuerden que esta es la casa de los animales, no la suya.

Después, fueron a visitar a los elefantes. Yasmin contó tres elefantes: la mamá, el baba y el bebé.

—¡Son adorables! —gritó Emma.

El baba elefante se acercó y le quitó la gorra a Ali con la trompa.

—¡Oye! —gritó Ali—. ¡Devuélvemela!

Por último, fueron a la zona de los monos. ¡Bandars! Los favoritos de Yasmin.

El cuidador los estaba esperando. —¡Hola, niños! —dijo—. Yo soy Dave. Es hora de dar de comer a los monos. ¿Alguien quiere ayudarme?

Todos los estudiantes levantaron la mano. Yasmin intentó levantar la mano más que nadie.

—Por favor, elíjame a mí —susurró.

—¿Quieres ayudarme tú,

la de la camiseta morada?

—dijo Dave, señalando a Yasmin.

—¡Sí! —exclamó Yasmin.

Dave le dio a Yasmin un recipiente

grande con fruta. Había trozos

de manzanas, plátanos y naranjas.

—¡Ensalada de fruta! —dijo Emma.

Yasmin se acercó cuidadosamente

a los monos. Los monos chillaron

e hicieron ruidos, emocionados.

Pero de pronto, ¡Yasmin se tropezó! El recipiente de fruta salió volando . . . y acabó en el lago.

Capítulo 3

Monos hambrientos

Los monos estaban enojados.
¡Querían comer! Chillaron
y aullaron. A Yasmin le latía
el corazón con fuerza. ¿Estaría
también enojado Dave?

Entonces recordó la bolsa de
comida que tenía en la mochila.

¿Qué había metido Mama?

Yasmin la abrió.

¡Un plátano!

—¿Puedo compartir mi fruta

con los monos? —le preguntó

Yasmin a Dave.

—Supongo que por esta vez

está bien —dijo Dave. Partió

el plátano en trozos y se los dio

a Yasmin.

Una cría de mono se subió

al regazo de Yasmin. Yasmin

se quedó muy quieta mientras

el mono mordía el plátano que

tenía en la mano. ¡Le hacía

cosquillas!

Después Emma sacó

su bolsa de papel. —Yo tengo dos

naranjas —ofreció.

Todos los estudiantes sacaron

sus bolsas de papel. Había suficiente

fruta para todos los monos.

—¡Ahora vamos a almorzar

nosotros! —dijo la Srta. Alex—.

Iremos al parque a comer.

Yasmin se despidió

de los monos.

—¡Adiós, bandars! ¡Volveré

otro día, amigos!

Piensa y comenta

❋ Yasmin estaba un poco nerviosa porque era la primera vez que se subía a un autobús escolar. ¿Cómo la ayudó Emma a sentirse mejor? ¿Cómo ayudarías tú a un amigo que está nervioso o asustado?

❋ Cuando a Yasmin se le cayó la fruta, tuvo que hallar una solución rápidamente. Piensa en alguna ocasión en la que algo te salió mal. ¿Qué hiciste?

❋ Imagina que vas a un zoológico donde viven todos los animales del mundo. Si pudieras visitar tres animales, ¿cuáles elegirías? ¿Por qué?

¡Aprende urdu con Yasmin!

La familia de Yasmin habla inglés y urdu.
El urdu es un idioma de Pakistán.
¡A lo mejor ya conoces palabras en urdu!

baba—padre

bandar—mono

hijab—pañuelo que cubre el cabello

jaan—vida; apodo cariñoso para un ser querido

kameez—túnica o camisa larga

mama—mamá

naan—pan plano que se hace en el horno

nana—abuelo materno

nani—abuela materna

salaam—hola

Datos divertidos de Pakistán

Yasmin y su familia están orgullosos de su cultura pakistaní. ¡A Yasmin le encanta compartir datos de Pakistán!

Location

Pakistán está en el continente de Asia, con India a un lado y Afganistán al otro.

Islamabad

PAKISTÁN

Población

La población de Pakistán es de unos 207,774,520 habitantes, lo que hace que sea el sexto país más poblado del mundo.

Ave nacional

El ave nacional de Pakistán es la perdiz chukar, un ave de caza de la familia de los faisanes.

Zoológico

El zoológico Lahore de Punjab, en Pakistán, es uno de los más grandes de Asia del Sur.

¡Haz un mono flexible!

MATERIALES:

- cartulina
- tijeras
- crayones o marcadores
- ojitos móviles de plástico
- pegamento
- limpiapipas marrones y amarillos

PASOS:

1. Recorta un óvalo y un círculo en la cartulina para hacer el cuerpo y la cabeza del mono.

2. Pega los ojitos móviles en la cabeza y dibuja el resto de la cara del mono. Pega la cabeza al cuerpo.

3. Pega los limpiapipas marrones a la parte de atrás del cuerpo para hacer los brazos y las patas. Usa otro para la cola. ¡Dobla la punta!

4. Para que el mono tenga un plátano, corta y dobla un trozo pequeño de limpiapipas amarillo y pónselo en la mano.

5. Una vez que el pegamento se seque, dobla los brazos, las piernas y la cola en la postura que quieras. Sujeta el mono alrededor de tu lápiz para que te ayude a escribir.

Acerca de la autora

Saadia Faruqi es una escritora estadounidense y pakistaní, activista interreligiosa y entrenadora de sensibilidad cultural que ha salido en la revista *O Magazine*. Es la autora de la colección de cuentos cortos para adultos *Brick Walls: Tales of Hope & Courage from Pakistan* (Paredes de ladrillo: Cuentos de valentía y esperanza de Pakistán). Sus ensayos se han publicado en el *Huffington Post, Upworthy* y *NBC Asian America*. Reside en Houston, Texas, con su esposo y sus hijos.

Hatem Aly es un ilustrador nacido
en Egipto. Su trabajo ha aparecido en múltiples
publicaciones en todo el mundo. En la actualidad
vive en el bello New Brunswick, en Canadá,
con su esposa, su hijo y más mascotas que
personas. Cuando no está mojando galletas
en una taza de té o mirando hojas de papel
en blanco, suele estar dibujando libros. Uno
de los libros que ilustró es *The Inquisitor's Tale*
(El cuento del inquisidor), escrito por Adama
Gidwitz, que ganó un Newbery Honor y otros
premios, a pesar de los dibujos de Hatem
de un dragón tirándose pedos, un gato
con dos cabezas y un queso apestoso.